Ich täuschte Amnesie vor,
um meinen Verlobten loszuwerden,
da behauptete er:
»Vor deinem Gedächtnisverlust
warst du in mich verliebt.«

1

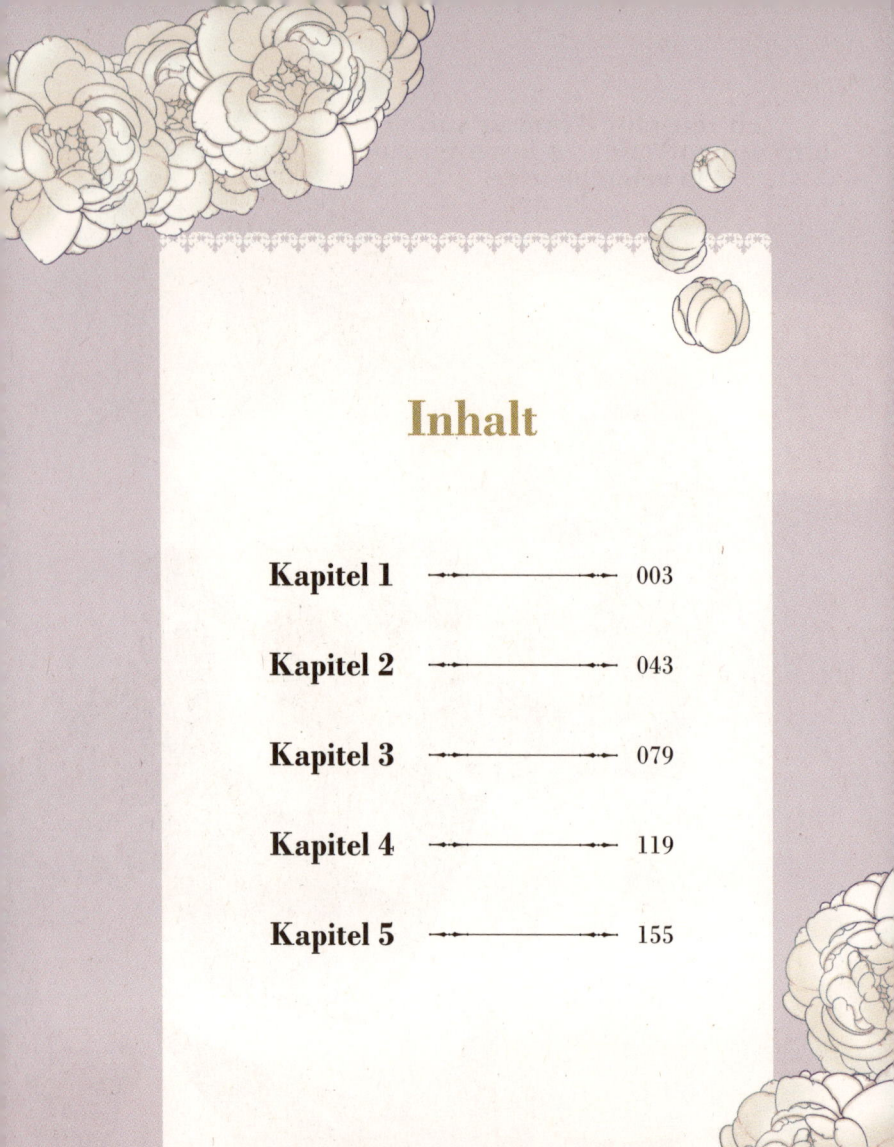

Inhalt

Daher ...

... war es mein Ziel, die Verlobung aufzulösen ...

Bevor du deine Erinnerungen verloren hast ...

... warst du Hals über Kopf in mich verliebt.

Kapitel 1

... doch dann fing er an, diese unglaubliche Lüge zu spinnen.

Hä?

Goldene Augen, gleich einem Stern.

Dunkelblaue Haare, gleich dem Nachthimmel.

Philipp Lawrenson.

Aufgrund seiner schweigsamen und ausdruckslosen Art ...

... wird er als der junge Eis-Lord betitelt.

Der älteste Sohn der Herzogsfamilie ist mein Verlobter.

... in der High Society überschwänglicher Beliebtheit.

Wegen seines attraktiven Aussehens erfreut er sich ...

Ich, die Tochter der Viscountfamilie ...

... Viola Wesley ...

... passe zweifellos in keinster Weise zu ihm.

Gerettet wurde die Familie von Viscount Wesleys Tochter, einer Wahrsagerin.

Einst war der Fortbestand des Hauses Lawrenson gefährdet.

Die Heirat zwischen Lord Philipp und mir ...

Im Gegenzug für ihre Hilfe forderte sie ...

... wurde gleich nach unserer Geburt auf Wunsch der Lawrensons beschlossen.

... dass die Kinder der Wesleys und der Lawrensons heiraten würden ...

... falls je zur gleichen Zeit ein Junge und ein Mädchen geboren würden.

Seitdem sind mehr als hundert Jahre vergangen ...

... und diejenigen, die jenes Versprechen nun einlösen müssen ...

... sind Lord Philipp und ich.

Heute ist der Tag, an dem ich wie gewöhnlich einmal im Monat Zeit mit Lord Philipp verbringe.

Sagt ...

... Lord Philipp ...

Ja, was ist?

Er ist nicht sehr gesprächig.

In meiner Gegenwart ist er jedoch noch einsilbiger.

Und das schon seit Kindertagen.

Es wurde jedoch plötzlich beschlossen, dass wir uns nun zweimal im Monat treffen.

... bekomme kurze Antworten und das Gespräch ist beendet. Verstehe.

Oder ...

Aha

Für gewöhnlich fange ich unsere Unterhaltung an.

Es ist so anstrengend.

... dass wir unsere Treffen bei einmal im Monat belassen?

Könntet Ihr den Herzog nicht persönlich bitten ...

So eine Zeitverschwendung ...

Lord Philipp ist doch auch schwer beschäftigt.

Warum?

Ich habe zwar keine Zeit zu verschenken, aber es sind ja nur wenige Stunden.

Warum, fragt Ihr?

Hä?

Na, weil Ihr viel zu tun habt, Lord Philipp.

Ich störe mich nicht daran.

... sie erst recht nicht mit mir zu verbringen!

Grr

Wenn du keine Zeit zu verschenken hast, dann brauchst du ...

Wieder

herrscht ...

Schweigen

Klack

Ja.

Wenn Ihr es so wünscht, Lord Philipp ...

I... Ich verstehe.

Ich weiß nicht, ob es ihm peinlich ist, sich mit mir zu zeigen ...

... aber sobald er das Nötigste an Begrüßungen hinter sich gebracht hat, will er immer wieder gehen.

Ein Bekannter hat mich für nächste Woche zu einer Abendveranstaltung eingeladen.

Würdest du mich begleiten?

Ja, natürlich ...

Ich für meinen Teil kann es nicht ausstehen, wie sich seine Bewunderinnen das Maul über mich zerreißen, deswegen nehme ich kaum an solchen Gesellschaftstreffen teil.

Er wird ohnehin nach kürzester Zeit wieder nach Hause wollen.

... aber er ist so ein Stubenhocker ...

Ich habe von klein auf eine rigorose Erziehung genossen ...

... um Lord Philipp eine Stütze zu sein ...

Wie er-
drückend
...

Ich hasse
Euch über
alles, Lord
Philipp!

Früher
war es
nicht ganz
so schlimm
...

... aber seit
jenem Vorfall
ist es kaum
noch auszu-
halten
...

Ich hasse
dich eben-
falls ...!

Bestimmt
gibt es
passendere
Partnerinnen
für ihn.

Klaklack HI
ラ

Noch ein
Jahr, bis wir
achtzehn
werden und
unsere Hoch-
zeit ansteht.

Klaklack
ラ

Wie kann ich
bis dahin die
Klaklack Verlobung
bloß lösen?

ガ
リ

Viola!

Nanu ... Vater? Mutter?

Viola! Du bist wieder bei Bewusstsein?!

Eine Woche?

Aber warum ...?

Hach, welch ein Glück!

Du warst eine Woche lang bewusstlos!

Wäre ich bei dem Unfall gestorben, hätte ich die Verlobung allerdings in gewisser Weise erfolgreich gelöst ...

Ha ha ha ...

Mein Körper fühlt sich schwer an, aber ich habe keinerlei Schmerzen. Ich bin wohl heil davongekommen ...

Ach, stimmt ja ... Die Kutsche ist auf dem Nachhauseweg umgestürzt ...

Viola
...?

Erkennst
du mich?

Sag, Viola,
geht es dir
gut?

Das ist
...

... meine
Chance.

Ah
...

Wenn ich
vorgebe,
meine Er-
innerungen
verloren zu
haben
...

... werde ich
meine Verlo-
bung mit Lord
Philipp auflö-
sen können.

So könnten wir unsere Verlobung ohne große Auseinandersetzungen lösen.

Wenn ich mich auf diese Weise dumm stelle, wird die Herzogin sicher beschließen, dass ich nicht länger geeignet bin.

Ich habe meine Erinnerungen verloren, daher weiß ich nichts mehr!

Ha ha ha!

Das ist meine einzige Chance. Die Hochzeit wäre ein Unglück, das sich auf mein ganzes Leben auswirkt ...

Gnn

... aber mir bleibt nichts anderes übrig, als ihnen später die Wahrheit zu erzählen und mich dann zu entschuldigen.

Meiner besorgten Familie gegenüber tut es mir zwar leid ...

Viola?

Viola?

... aber wer sind Sie?

Es heißt, wenn du den Feind täuschen willst, täusche zuerst den Freund, richtig?

Verzeihung ...

Vielen Dank.

Nicht nötig. Ich habe ihn mir mittlerweile gemerkt.

Soll ich Euch den Weg zum Saal zeigen?

Gnädiges Fräulein ...

Der gnädige Herr bittet Euch in den Saal.

Verstehe.

Alle kaufen mir ab, dass ich meine Erinnerungen verloren habe.

Drei Tage sind vergangen, seit ich aufgewacht bin.

Ich muss durchhalten ...

Batsch

Aber jetzt gibt es kein Zurück mehr.

Ich muss mich den ganzen Tag über äußerst konzentrieren.

Gedächtnisverlust vorzutäuschen, ist schwieriger, als ich dachte.

Es besteht die Möglichkeit, dass sie ihre Erinnerungen nie zurückerlangt.

Oh nein!

Der Arzt hat nichts gemerkt.

Da kommt es ...!

Viola, ich möchte, dass du dich mit Lord Philipp triffst.

Das war knapp ...

Plötzlich von einem Verlobten zu erfahren, kommt überraschend, was?

... und hat dir täglich persönlich Blumen vorbeigebracht.

Er war sehr besorgt um dich, als du den Unfall erlitten hast ...

Was?! Täglich?!

Ah!

Murmel

Ja.

Du bist mit ihm von Geburt an verlobt.

Lord Philipp ...?

Blumen ...

Wer hätte gedacht, dass ausgerechnet er so was tun würde ...?

Es ist allmählich an der Zeit, dass ihr euch trefft und die Sache mit deinen Erinnerungen besprecht.

Er hat verkündet, dass er dich sehen möchte, wenn es dir wieder besser geht.

Verstehe.

Lord Philipp klingt nach einer überaus freundlichen Person.

Ich würde ihn sehr gerne sehen.

So ...

Super!

Jetzt kommt die Stunde der Wahrheit.

Verzeicht, dass Ihr warten musstet, Lord Philipp.

Ich habe ein Kleid angezogen, dass nicht meinem bisherigen Kleidergeschmack entspricht ...

... und mein sonst immer hochgestecktes Haar habe ich offen gelassen, um meinen Gedächtnisverlust zu betonen.

Äh ...

Jetzt muss ich nur noch meine mit dem Gedächtnisverlust verbundene ...

... Dümmlichkeit zur Schau stellen.

FWPP
こてん

...!

Ähm ...

Guten Tag ...?

Ähm
...

Vielen Dank für die bezaubernden Blumen.

Puh ...

Vielen Dank, dass Ihr mich besucht, obwohl Ihr schwer beschäftigt seid, Lord Philipp.

Also dann ...

... Zeit, mit dem Plan zu beginnen.

Schon gut ...

Nervös
もじ
Nervös
もじ

Tipp
Tipp
つん
つん

Da bekomme ich ja richtig Herzklopfen.

Ich hätte übrigens nie gedacht, dass Ihr so ein attraktiver Mann seid, Lord Philipp.

きゃ

るん

Schwärm

Fwipp

Ah!

...

Argh! Peinlich!

Es funktioniert!

Sehr gut!

Ganz genau.

Er mochte es noch nie, wenn Frauen sein Aussehen loben.

Während ich hier die Dumme spiele, wird sein Eindruck von mir immer schlechter.

Sst

Noch ein Schubs ...

Zuck

Ich mache so lange weiter, bis er unsere Verlobung für nichtig erklärt.

Gwipp

Eine schamlose Frau, die einen Mann bei ihrer ersten Begegnung von sich aus berührt ...

... entspricht zweifellos dem von ihm am meisten gehassten Frauentyp.

Streich

Nur zu! Weise mich nach Herzenslust ab!

Egal wie hübsch die Dame war, sobald sie ihn auch nur ein klein wenig berührte, wurde er richtig wütend.

Lord Philipp verabscheut, von Frauen angefasst zu werden.

Auftritte auf Gesellschaftsveranstaltungen werden auch eher schwierig ...

Der Arzt hat bestätigt, dass ihre Erinnerungen womöglich niemals wiederkommen.

Wie Ihr seht, leidet meine Tochter unter Gedächtnisverlust und kann sich an nichts erinnern.

Oh nein! Ich darf auf keinen Fall ins Wanken geraten.

Ich habe meinen Vater gänzlich um den Finger gewickelt.

... aber wir werden die Hochzeit noch einmal überdenken müssen.

Ich möchte mich noch mit dem Herzog darüber unterhalten ...

Lord Philipp ...

Entschuldige, dass ich so eine schreckliche Tochter bin.

So hat mein Vater jetzt von sich aus die Auflösung der Verlobung vorgeschlagen.

Ah, meine arme Viola!

Ich möchte für immer bei dir zu Hause bleiben, Vater.

Ich weiß von nichts mehr. Ich habe Angst, rauszugehen!

Wenn Lord Philipp jetzt auch noch sein Einverständnis gibt ...

W... Warum?

Dürfte ich mich allein mit Viola unterhalten?

Ah!

Ähm!...

Hach!

Hach! ♡

Was will er denn mit mir bespre-chen?!

Nur zu, sehr gerne!

J... Ja!

Ich verstehe ihn wirklich nicht.

Weder, was in seinem Kopf vorgeht ...

... warum er meine Hand hält ...

... noch sein Schweigen.

Ah, seine Spezialität ...

Stille

Hä ...?

I... Ich hahe dich über alles geliebt ...?

... hast du mich über alles geliebt.

Der Anblick meines Gesichts allein hat dich schon glücklich gemacht.

Du wurdest eifersüchtig, sobald ich mich mit einer anderen Frau auch nur unterhalten hab.

Das hast du immer wieder beteuert.

Ja.

Du warst Hals über Kopf in mich verliebt.

Wenn er behauptet, dass wir uns geliebt haben ...

... heißt das, dass er Gefühle für mich hat, oder ...?

Ich muss mich beruhigen!

Ich darf mich nicht an der Nase herumführen lassen!

... ich soll gewesen sein?

Hals über Kopf verliebt?

So ...

Sag ...

Phil ...

... bist du in mich ...?

Ich bin, seit ich denken kann ...

... in dich verliebt.

So sehr, dass ich mein Leben sofort be- enden würde ...

... solltest du mir be- fehlen zu sterben.

... möchte ich unsere Verlobung nicht lösen.

Sollten deine Erinnerungen nach der Trennung wiederkehren, würdest du nur traurig sein.

Ich würde mich ja wohl eher übermäßig freuen?!

... nachdem ich mir dieses Lügenmärchen hab anhören müssen?

Was soll ich jetzt machen ...

Bevor du deine Erinnerungen verloren hast ...

... hast du mich über alles geliebt.

Ich bin, seit ich denken kann, in dich verliebt.

Ich liebe dich.

Kapitel 2

Viola, deswegen möchte ich unsere Verlobung nicht lösen.

Was zur Hölle ist der Grund, dass er die Verlobung so unbedingt weiterführen möchte ...

... und auf so eine wahnwitzige Lüge zurückgreift?

Viola.

Viola
...

Bevor ich nach Hause gehe, möchte ich mich noch von deinen Eltern verabschieden.

In Ordnung.

Ich werde mich um alles kümmern.

Bitte ...?

... brauchst du an keinen Gesellschaftsveranstaltungen teilnehmen.

Wenn du nicht magst ...

Lord Philipp hat in jenem Moment ...

... so ein von Schmerz und Trauer erfülltes Gesicht gemacht ...

Weiche also bitte ...

... nie wieder von meiner Seite.

Verstehe.

Das ist es nicht. Ich schwitze nur etwas ...

Ähm, Phil ...

... möchtest du meine Hand nicht allmählich mal loslassen?

... dass ich unweigerlich zustimmen musste.

Zu

WUPP

Gwit

Zack

Das war nicht das Problem!

Gefällt es dir nicht?

Damit liegt die Aufhebung unserer Verlobung wohl erst mal auf Eis, was?

Dachte ich's mir doch!

Hach, sieh mal einer an!

... erlaubt mir bitte, meine Verlobung mit Viola fortzuführen.

Öhöm Öhöm

ood!

Grins Grins Grins

Viscount Wesley ...

Ist mir das peinlich ...

Keineswegs ...

... wird sie allerdings keine Unterstützung für Euch sein können, sondern vielmehr eine Belastung, Lord Philipp.

In ihrem jetzigen Zustand, ohne ihre Erinnerungen ...

Wollte er sich nicht nur verabschieden?!

Verzeihung ...

Alles okay?

Öhö Öhö

Öhö Öhö

Ich liebe Viola.

Ich schwöre, sie mein ganzes Leben lang zu beschützen.

Ich werde alles daransetzen, dass sie ihr Gedächtnisverlust nicht beeinträchtigt.

Es reicht mir vollkommen, Viola an meiner Seite zu haben.

Lord Philipp kriegt also auch derart lange Sätze zusammen, was?

Auch wenn alles gelogen ist.

Ich werde sie mehr als alles andere wertschätzen.

Ich bin bereit, alles für sie zu tun.

Eure Gefühle sind unmissverständlich, Lord Philipp.

Viola, wie stehst du dazu?

Äh?

Ähm ...

Weiche also bitte ...

... nie wieder von meiner Seite.

Hat er das etwa in mein Nicken vorhin hineininterpretiert?!

Sie hat mir eben gesagt, dass sie an meiner Seite bleiben möchte.

?!

Hab ich das?!

Oh, so ist das also!

I... Ich ...

Dann ist ja alles bestens!

...

... dann suche ich ab jetzt eben nach einem neuen Weg.

Wenn eine sofortige Auflösung der Verlobung nicht infrage zu kommen scheint ...

So spinnen wir also jeweils unsere Lügen weiter.

Meine Lüge soll der Auflösung unserer Verlobung dienen.

Was aber will Lord Philipp mit seiner bezwecken?

Fräulein Viola, wir haben auf Euch gewartet.

Wie viele Jahre ist es her, seit ich auf Lord Philipps Zimmer geführt wurde?

Ah!
Es ist
nichts.

Viola?

Vielen Dank
für die Ein-
ladung.

Auch
heute lügt
er wieder wie
gedruckt.

Habe ich
auch vor mei-
nem Gedächt-
nisverlust hier
mit dir Tee
getrunken?

Wir haben
das immer
so gemacht
und uns dabei
unterhalten.

Ja.

Lächel

Er
hat seine
Haare ge-
schnitten.

Auf die-
sem Bild bin
ich dreizehn
Jahre alt.

Du hattest früher sehr lange Haare.

... aber das könnte ich jetzt nachholen.

Damals hab ich die Chance verpasst, ihn nach dem Grund zu fragen ...

Ja ...

Es steht Euch vorzüglich.

Aha ...

Sie sehen jetzt auch gut aus ...

... aber warum hast du sie so kurz geschnitten?

Vor ein paar Jahren hat er seine Haare plötzlich abgeschnitten.

Ich erinnere mich noch, dass es mir seltsam vorkam, dass er mir extra davon berichtete.

Stapf Stapf Stapf

ズタ ズタ ズタ

?

Nick
コクリ

Ich?!

Verstehe, weil ich ...

Weil du mir gesagt hast, dass du Kurzhaarschnitte bevorzugst.

Einer Freundin ...?

Ja.

Genauer gesagt, habe ich mitbekommen, wie du einer Freundin davon erzählt hast.

Wieder spinnt er es sich zusammen, wie es ihm gerade passt!

Ich kann mich nicht erinnern, so was gesagt zu haben!

Zuck

...

Ah ...!

... hast du »kurzes Haar« geantwortet.

Als dich die Tochter von Marquis Preston gefragt hat, ob du langes oder kurzes Haar bevorzugst ...

Hä?!

Sag, Viola, was magst du lieber? Langes oder kurzes Haar?

Tatsächlich hat sie mich vor ein paar Jahren ...

... auf einem Ball etwas Derartiges gefragt.

Die Tochter des Marquis Preston ...

... Jamie Preston, ist meine beste Freundin.

Einen triftigeren Grund gibt es für mich nicht.

Wieder redest du so was ...

Du gehst aggressiv ran, was ...?

Ich habe mir überlegt, anhand deiner Antwort einen Herrn auszusuchen, den ich ansprechen werde.

Eigentlich ist es mir egal, solange es der jeweiligen Person steht ...

Ähm, dann würde ich kurzes Haar sagen ...

... aber an jenem Tag sollte der Mann mit kurzen Haaren anwesend sein, der gesagt hat, dass er Jamie niedlich findet.

Ich erinnere mich, deswegen so geantwortet zu haben.

N...

Nur aus diesem Grund hast du sie dir abgeschnitten?

Nie hätte ich gedacht, dass er das Gespräch mitbekommen hat.

Warum ...?

... seine schönen langen Haare abgeschnitten?

Will er damit sagen, er hat aufgrund meiner leichtfertigen, gedankenlosen Worte ...

Aber
...

...
sollte
das wirklich
nicht der
Fall sein
...

...
würde
das ja be-
deuten
...

...
dass Lord
Philipp mich
tatsächlich
liebt.

Okay.

Solange du hier im Zimmer bleibst, kannst du gerne machen, was du möchtest.

Tut mir leid, aber warte bitte kurz auf mich.

Klopf Klopf

Lord Philipp, der gnädige Herr ruft nach Euch.

Verstanden ...

Zuck

Patamm

Puh ...

Hm?

Soll ich ein Buch lesen, während ich auf ihn warte ...?

Nur die Bücher da drüben sind mit einem Tuch bedeckt ...

Ich bin dankbar für die Pause.

Seine unerwarteten Worte machen mich fertig ...

Hah

zosch

Lord Philipp ist schließlich ein Mann ...

Sind das etwa Bücher, bei denen es ihm unangenehm wäre, wenn andere sie sehen ...?

Da ich sein Verhalten nicht deuten kann ...

Badumm

Badumm

... wäre es nützlich, etwas gegen ihn in der Hand zu haben.

Badumm

»... kannst du gerne machen, was du möchtest.«

Das hast du selbst gesagt!

Badumm

Lins

Ich nehme dich also beim Wort ...

...

PLOPP

ズズズ

Tapp
Tapp
Tapp
Tapp

Sst

Zehn Tricks, wie man zu einer liebenswerten Person wird

- Neu -
Garantierter Erfolg bei der großen Liebe

Ab heute bist auch du redegewandt!

Einstieg in Hypnose

Ich habe das Gefühl, etwas gesehen zu haben, was ich nicht hätte sehen dürfen.

Katschak
HI
イ

Hypnose ...?

Entschuldige, dass ich dich allein gelassen habe.

Ich bin jetzt fertig.

Der Tee ist kalt geworden, was? Lass mich neuen für dich zubereiten.

⁊⁊?

Vielen Dank ...

Schreck
!!!!!

!

O... Okay!

Ein Glück.

Hättest du Lust, etwas zusammen zu unternehmen?

Selbst als ich mich für seinen Geburtstag extra herausgeputzt hatte ...

... hat er mich nur angeguckt und nichts dazu gesagt.

...

?!

Sü...?!

Badumm

Hat er gerade gesagt ...

... dass ich süß bin?!

Ich darf ihm gegenüber wirklich nicht unvorsichtig sein.

Was ist das bitte für eine 180-Grad-Drehung?

Hast du nächstes Wochenende etwas vor?

N... Nein, habe ich nicht.

... helfen kann, sich zu erinnern, wenn sie Dinge tun, die sie vor ihrem Gedächtnisverlust gemacht haben.

Ich habe gelesen, dass es Menschen, die ihre Erinnerungen verloren haben ...

Wo fahren wir heute hin?

Klaklack Klaklack

Ist das so?

Ja.

Er spinnt sich weiterhin seine unsinnigen Lügen ...

F... Fahren wir wirklich zu einem Fluss?

Wir waren doch nie zusammen an einem Fluss!

Ich bin mit ihm lediglich zu Veranstaltungen und einmal in die Oper gegangen.

Einem Fluss ...?

... mit dir besucht habe, um deine Erinnerungen wieder zurückzuholen.

Daher möchte ich heute mit dir zu dem Fluss fahren, den ich in der Vergangenheit ...

Angeln?

Angeln.

Angeln.

? ? ? ?

An-
geln
...

Ja.

Wir
werden
angeln.

Ich
habe
keine
Ahnung
...

... was in al-
ler Welt er
sich dabei
denkt.

Ssst

Selbst wenn
ich sie verloren
hätte, ist es
absurd, Erinne-
rungen zurück-
zuholen ...

... die
gar nicht
existie-
ren!

Wofür
macht er
das?

Klakklack
Klakklack
Klakklack

Was gibt
es schon
Besonderes
an einem
Fluss?

... dass er
in keinster
Weise drauf
abzielt, meine
Erinnerungen
wiederzuer-
wecken.

Das gibt
mir nur zu
verstehen
...

Ein Tep-
pich
...

Wir sind
wirklich
an einem
Fluss ...

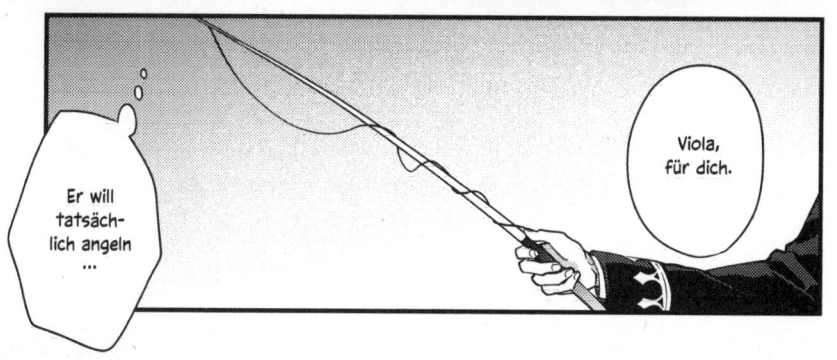

Er will
tatsäch-
lich
angeln
...

Viola,
für dich.

Fwisch
Fwisch
Fwisch...

Scheint, als würde nichts anbeißen, was?

Es gefällt mir vielmehr, mich so entspannen zu können.

Die übliche Stille zwischen uns ist gar nicht anstrengend.

Das Plätschern des Flusses und das Zwitschern der Vögel ist wie Balsam für die Seele ...

Ich habe mir Angeln ehrlich gesagt ermüdend vorgestellt. Aber die frische Brise ist angenehm.

Tschiep

Tschiep

Miau

W...

Wie
süß ...!

Ein
Kätz-
chen!

Raschel
†''
&

Prrrrr

Wirklich?

Nein, zuschauen reicht mir.

Möchtest du es auch mal halten, Phil?

Komm zu mir!

Miau

Miau

Tapsel

Tapsel

Ob er Tiere nicht besonders mag?

Philipp war schon immer so.

Dabei ist es so süß!

Miau Miau

Mach's gut!

Tapp

Tapp

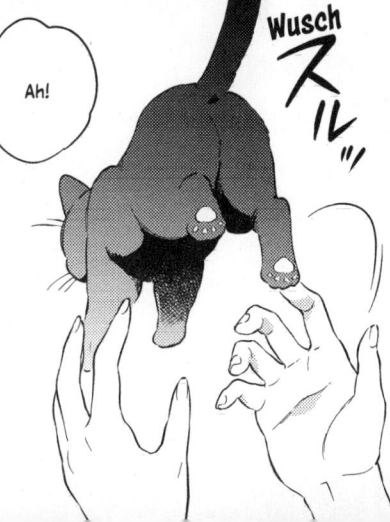

Ah!

Wusch

Nur Spaß ...

Komm zu mir!

Und erlaubte mir einen Scherz, den man nicht so achtlos machen sollte ...

Ich dachte, er würde wie vorhin ...

... mit »Nein, danke« antworten ...

Schrrt

... wäre es erledigt ...

... und damit ...

Fwah

...!

Warum
...?

Badumm

Badumm

Sein Haar
kitzelt mich
...

Sein
Gewicht
und seine
Wärme
...

...
lassen
mich nicht
zur Ruhe
kommen.

... und ein
süßer Duft
steigt mir
in die Nase.

Badumm

... dass du heute mit-gekommen bist.

Es hat mich glücklich gemacht.

Tapp Tapp

Wah!

Schmieg

Wie lange will er noch so ...?

Danke ...

Gut.

Lass uns langsam zurück-kehren.

... mich ebenfalls bedanken.

Ich möchte ...

Warum sagt ...

... er so was?

Hach, das tut meinem Herzen wirklich nicht gut.

Gnädiges Fräulein!

Ihr habt einen Gast.

Warum ist er hier?

Rex?!

Kapitel 3

„Lächel!"

Muss sicher furchtbar sein.

Onkel hat mir vorhin davon erzählt.

Du hast deine Er- innerungen verloren, richtig?

Ah!

... aber wer sind Sie?

Ver- zeihung ...

Hm?

Rex Dowland.

Er ist fünf Jahre älter als ich und stammt aus dem Hause eines Grafen.

Er wird als Genie be- zeichnet, das es nur alle hundert Jahre gibt ...

... und er arbeitet als Beamter im Schloss.

Ich bin dein Cousin, Rex.

Wah
ha
h

ha
ha
ha!

... denn er hat einen furchtbar miesen Charakter.

Darüber hinaus ist Rex wortgewandt und attraktiv.

Er erfreut sich daher unter den Damen enormer Beliebtheit.

Übrigens sind er und Lord Philipp seit Kindestagen gut befreundet ...

... und gehen auch regelmäßig zusammen essen.

Ich kam mit ihm seit jeher überhaupt nicht klar ...

Bist du sonst unversehrt?

Es kommt vor, dass sich der Zustand mit der Zeit noch verschlechtert, gib also Acht auf dich.

Klack

Klack

Wenn wir uns hier weiter unterhalten ...

... gerätst du in Schwierigkeiten, oder?

#7
Schreck

Oh ja ...

Dafür bist du zu stümperhaft.

Du kannst mir nichts vormachen.

...

Ich frage mich eher, wie es bis jetzt niemand sonst bemerkt hat.

Es grenzt an ein Wunder.

Und?

Was ist der Grund?

...

Ich sollte es mir mit Rex an diesem Punkt lieber nicht verscherzen...

Ich habe meinen Gedächtnisverlust vorgetäuscht, weil ...

はぁ...Hah

Wah ha ha ha ha

は | ー | ‥ Hah

Auch er hat ordentlich dick aufgetragen.

Aber was für unglaubliche Lügen.

Pff

...

Warum hast du mir diese lustige Geschichte nicht gleich erzählt?!

Allerdings schaltet sein Hirn seit jeher automatisch ab, wenn es um dich geht, von daher vielleicht auch nicht.

...?

... Schau-spielküns-ten deine Lüge längst durchschaut hat ...

Wäre kaum verwunderlich, wenn Philipp bei deinen miserablen ...

Hi hi ...

Hi hi ...

Und dass du zudem verrückt nach Insektenfangen im Wald bist.

Also hab ich behauptet, dass du gerne am Fluss angelst.

Er ist also der Schuldige?!

Hä ...? Was hast du geantwortet?

... hat er mich neulich aus heiterem Himmel nach Dating-Spots gefragt, die dir gefallen.

Ah! Na zum Beispiel ...

Und ich war überzeugt, dass Philipp dich eh nicht einladen würde.

Ich hab keine Ahnung, was du magst.

... als er mich zu Beginn mit der Angel hadern sah.

Jetzt ergibt es auch Sinn, warum er so verblüfft war ...

»Auch das hast du alles vergessen, was?«

Also war der gestrige Angeltrip eigentlich nur gut gemeint ...

Puh ...

Zum Glück hat er nicht Letzteres gewählt ...

Das Angeln an sich hat Spaß gemacht.

Übertreib nicht so damit, andere aufzuziehen!

Hach, ich liebe ...

... Philipp!

Pff Pff

Wegen deiner Lüge sind wir beide fischen gegangen ...

Mann! Ich kann nicht mehr auseinanderhalten, was echt und was gelogen ist ...

Er ist wirklich mit dir hin ...

Pfff

Wah ha ha ha

Fhhh Ich krieg keine Luft ...!

Und?

Warum möchtest du eure Verlobung auflösen?

Klack

Warum, fragst du ...?

Du kannst Philipp unmöglich hassen, oder?

Am schlimmsten war jedoch, dass mit ihm Zeit zu verbringen ...

... so unangenehm war, dass es mich zu ersticken drohte.

Ich wollte die Verlobung auflösen ...

... weil ich weiß, dass wir nicht zusammenpassen und dass er ...

... mich nicht ausstehen kann.

In der Vergangenheit habe ich ihm mal gesagt, dass ich ihn mehr als alles andere hasse.

Heutzutage empfinde ich nicht unbedingt so eine starke Abneigung für ihn.

...

Was mach ich nur?

...

Sie findet in drei Wochen statt.

Er möchte, dass du zusammen mit Philipp erscheinst.

Sst

Das ist eine Einladung zur Geburtstagsfeier von Seiner Hoheit Prinz Abel.

Prinz Abel ist der Kronprinz dieses Reiches.

Natürlich kann ich da nicht ablehnen.

Rex hat mich immerhin so spielend leicht durchschaut ...

Mit meinen miserablen Schauspielkünsten traue ich mich nicht, mich in so einen Menschenauflauf zu stürzen.

Es ist allerdings, wie Rex gesagt hat ...

Ich hatte eigentlich vor, alles aufzuklären, nachdem Lord Philipp ...

... die Verlobung auflöst ...

Hah
はぁ...

Haaah

Sollte ich es lieber ...

... aufgeben, einen Gedächtnisverlust vorzutäuschen?

Direkt aufzugeben und davonzulaufen, ohne auch nur eine Sache erreicht zu haben ...

... ist seit jeher schon eine schlechte Angewohnheit von dir.

Du kannst jederzeit behaupten, dich wieder zu erinnern.

Aber einen Gedächtnisverlust wirst du nie wieder vorgeben können.

Tipp

Tipp

Tipp

Du hast immerhin sogar deine Eltern getäuscht.

Wäre doch schade drum!

Näher

Willst du es da wirklich an diesem Punkt beenden?

Hä?! Was?!

Außerdem hast du noch nicht herausgefunden, warum Philipp lügt, oder?

Hä?!

Näh

Legen wir uns beide also noch eine Weile ins Zeug ...

... ja?!

Du schaffst es sicher, noch weiterzumachen, Viola!

Ich werde dir den Rücken stärken!

Gwapp

Er hat richtig Spaß, was ...?

Grins Grins Grins

Hah は ぁ ...

...
Rex hat schon recht.

...
auch wenn es mich frustriert, es zuzugeben
...

Aber ...

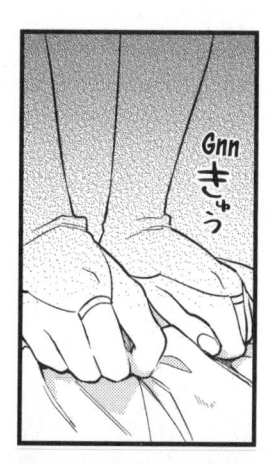

Gnn き ゅ っ

Ja.

Schon gut.

Ich darf jetzt nicht schwach werden!

Ent-schuldige ...

Das war falsch von mir.

Los!

Los!

Nicht den Blick abwenden!

Keine Unsicherheit zeigen!

Los!

...

...

...

Also gut, ich spiele ab jetzt einen adligen Bekannten von dir.

Los, hoch mit dir.

... werde ich wegen deiner erbärmlichen Schauspielkünste die Rolle deines Lehrmeisters übernehmen.

Entsprechend ...

Was?!

Hä?! Was?!

Klatsch Klatsch

Eine Woche später

Danke, dass du mir nicht nur ein Kleid, sondern auch Schuhe und Accessoires gekauft hast.

Ich werde sie in Ehren halten.

Schon gut.

Im schlimmsten Fall zahle ich ihm das Geld später wieder zurück.

... während ich die Absicht habe, unsere Verlobung aufzulösen ...

Ich fühle mich zwar unwohl, mich beschenken zu lassen ...

Tuschel

Tuschel

Klack

Hm? Das ist ja schrecklich voll ...

... aber das hat Rex zu mir gesagt.

Da ist es viel ungewöhnlicher, Geschenke nicht selbstverständlich anzunehmen. Mach dir also keinen Kopf!

Ihr seid seit achtzehn Jahren verlobt.

Und es ist für die Geburtstagsfeier Seiner Hoheit!

Wieder lügt er das Blaue vom Himmel!

Du hast dieses Café gemocht.

Gehen wir rein.

Ein Laden, den ich wohl nie im Leben besuchen werde ...

Ein Café nur für Pärchen?

Okay ...

Tada

Whoaa!

Sieht das lecker aus ...!

Wenn ich schon mal hier bin, kann ich auch was Leckeres genießen.

Jamie hat mir davon erzählt, dass die Pancakes Extraklasse sind!

Da fällt mir ein, hast du schon davon gehört?

Sitze exklusiv für Pärchen

Dass wir so dicht beieinander sitzen, bereitet mir allerdings etwas Unbehagen.

Wollen wir essen?

Ja.

Eng

Eng

Einem Lügner kann man eben nicht trauen.

Und wir sprechen hier nicht von ein, zwei Lügen.

Haben sie sich nicht super verstanden? Wie kommt's?

Hä?

Barbara ...

... hat sich von ihrem Freund getrennt.

Weil der Kerl wohl ein grässlicher Lügner ist.

Öhö

Schreck

Dann ist es kein Wunder, dass da die Gefühle abkühlen.

Diese Unterhaltung mit anzuhören, ist mir irgendwie superunangenehm ...

Abschaum!

Sie sind schlicht menschlicher Abschaum!

... weil sie nur an sich selbst denken.

Letztendlich tun solche Menschen das ...

"Stech

"Stech

Ja.

Viola ...

J...

Ja?

Ich mag sie ...

... nicht sonderlich ...

Mampf

Das ist übel ...

Ver- stehe ...

Klatter

W...

Ja ...

Wollen wir langsam auf- brechen?

Knarz

Knarz

Bruder?

Was ist
los?

Niemals!
Das hast du
dir definitiv
nur einge-
bildet!

Ich hatte
das Gefühl,
Philipp ...

... und
Viola ge-
sehen zu
haben.

Niemals
wären die
beiden an so
einem Ort.

Außerdem habe ich gehört, dass Viola in einen Unfall verwickelt wurde.

Ich frage mich, ob es ihr wieder gut geht.

Da hast ...

... du wohl recht.

Ich freu mich allerdings, dass ich heute mit dir hergekommen bin!

Alle schauen voller Neid zu mir rüber!

...

Einen attraktiven großen Bruder zu haben, ist unbezahlbar!

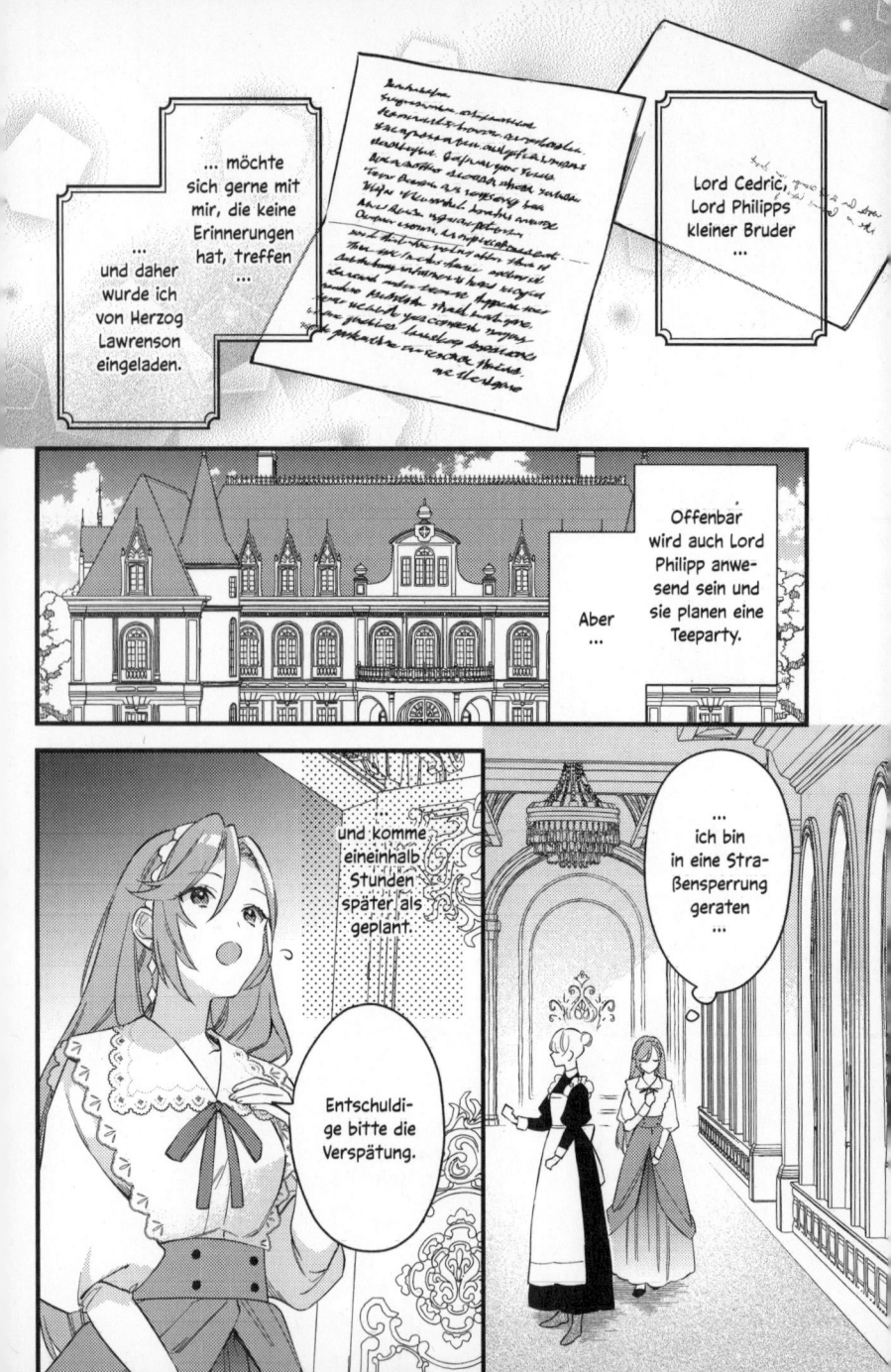

... möchte sich gerne mit mir, die keine Erinnerungen hat, treffen ...

... und daher wurde ich von Herzog Lawrenson eingeladen.

Lord Cedric, Lord Philipps kleiner Bruder ...

Offenbar wird auch Lord Philipp anwesend sein und sie planen eine Teeparty.

Aber ...

und komme eineinhalb Stunden später als geplant.

... ich bin in eine Straßensperrung geraten ...

Entschuldige bitte die Verspätung.

カリカリ Kritzel
Kritzel

Kritzel
Kritzel
カリカリ

Phil ...?

Starr
じ...!

ヴィワンヴャワ Schleich

Bereite
bitte Tee zu,
sobald Lord
Cedric einge-
troffen
ist ...

Er
arbeitet
wohl ge-
rade ...

Kritzel
Kritzel
Kritzel
Kritzel
Kritzel

Phil ...

Du hast hier was falle...

Kritzel
Kritzel

...

Kritzel
Kritzel

Kritzel
Kritzel

Haaa!

Ist das eine neue Art Fluch oder so was ...?

Schock

Und dann auch noch in Lord Philipps Schrift!

Alles ist mit meinem Namen voll-gekritzelt!

Viola Viola

Katschak

Viola!

Danke, dass du gekommen bist!

Nein, mir fehlt der Mut, ihm die zu geben ...

Hah ...?

Schock

Versteck
Versteck

Verstehe ...

Klatter
ガタタ

Stapf
スタ
スタ
Stapf
スタ
Stapf
スタ
Stapf
スタ

Nah
ズキ...

Seit wann bist du hier?

Seit zehn Minuten etwa ...

Ich hab dich angesprochen, aber ...

Puh ...

Ent-schuldige ...

Ich war in Gedanken versunken.

Entschuldige, dass ich zu spät gekommen bin.

Die Straße war gesperrt und ...

Letzte Woche ... Da hatte ich meinen Unfall.

Stimmt ja ... Ich war eigentlich zu einer Abendveranstaltung eingeladen ...

Worüber hat er sich bloß solche Gedanken gemacht ...?

Da fällt mir ein, letzte Woche ...

... waren wir auf der Abendveranstaltung eines Bekannten.

Es tut mir irgendwie leid, dass er allein ...

... daran teilgenommen hat, während er sich Sorgen um meinen Zustand gemacht hat ...

Sie schienen daher alle voller Hoffnung, dass Philipp seine Verlobung mit dir lösen würde.

Philipp wurde dort von den jungen Damen regelrecht umzingelt und angegangen.

Nach deinem Unfall, Viola ...

... kursierten allerlei Gerüchte, dass dein Gesicht entstellt wurde, oder dass du nicht mehr so gut auf den Beinen bist.

Und dann ...

... ist Philipp voll ausgerastet.

Tatsächlich ...

... gibt es aber unter den Damen auch genug, die seine Kälte als anziehend empfinden.

Philipp hat sich schon immer großer Beliebtheit erfreut ...

... obwohl er mit mir verlobt war.

Da ist es nicht verwunderlich, dass solche Gerüchte in Umlauf geraten.

Wir schienen auch nie wirklich gut miteinander auszukommen.

Seine Abstammung, seine Statur, sein Gesicht, alles an ihm ist toll. Schlecht ist höchstens sein Benehmen gegenüber Frauen.

Was?!

»Äußerlichkeiten spielen für mich keine Rolle!

Eine Zukunft mit jemand anderem als Viola kann ich mir nicht vorstellen.

Sollte das nicht möglich sein, bleibe ich lieber den Rest meines Lebens allein.«

... hat er in alle Welt hinausposaunt!

Auch wenn ich weiß, dass diese Worte wahrscheinlich gelogen waren ...

...

Rede kein überflüssiges Zeug ...

Pah!

Ich und alle um ihn herum waren geschockt.

DODOOOOOM

... hätte es mich sicher gerührt.

wenn ich diesen Brief vorhin doch nur nicht gesehen hätte ...

Vielen Dank!

Ja.

Hey!

Sollte dir etwas Probleme bereiten, erzähl mir ruhig davon!

Viola!

Gwtt

Viola war schon immer hübsch.

Grr

Du wirkst erwachsener.

Deine Aura hat sich übrigens verändert.

Findet Ihr?

Du bist hübsch geworden.

Zack

Schrrt Schrrt Schrrt
ス ス ス

Viola hat das nicht gesehen, oder?!

Ich kann unmöglich sagen, dass ich es deutlich gesehen hab.

Ich denke nicht.

Das ist echt abartig.

Sag ...

Was ist das?

コソ
Flüster

コソ
Flüster

Während ich auf sie gewartet habe ...

... wusste ich nicht, ob was vorgefallen ist ...

Während ich über Viola in Gedanken versunken war ...

... habe ich das unbewusst geschrieben.

... oder sie schlicht keine Lust hatte, zu kommen ...

Heftig!

Danke.

Viola,
du siehst
bezaubernd
aus.

?

Kapitel 4

I... Ich
habe zu
danken
...

... und
mich zur
Geburts-
tagsfeier
begeben.

Ich habe das
von Philipp
geschenkte
Kleid samt
Accessoires
angezogen
...

Ihre Blicke sind unange-
nehm ..

Das liegt wohl
an den Gerüch-
ten, von denen
Lord Cedric ge-
sprochen hat.

Viola?

Alles
in Ord-
nung?

Huch?

Da ist
ja Fräulein
Viola.

Ja.

Vielen
Dank.

Fräulein Natalia ...

Lange nicht gesehen.

Sie hatte von Kindheit an eine große Vorliebe für Lord Philipp ...

... und war seit jeher gemein zu mir.

Die Tochter von Marquis Hackman, Fräulein Natalia.

Ich habe gehört, du warst in einen Unfall verwickelt, aber dir scheint es ja gut zu gehen.

Du musst dich verwirrt zeigen, ohne was zu sagen!

Schauspiel ist gefragt ...

Hah

... zu ihm passe

... Lord Philipp einst darüber unterhalten hat, dass ich überhaupt nicht ...

Sie ist auch diejenige, mit der sich ...

... willst dich doch nur von Lord Philipp umsorgen lassen!

Du ...

Zack

Ist ... ... das so?

Sie ist zu laut!

Tuschel!

Nein!

Philipp, lass dich nicht direkt von so was mitreißen!

Hi hi hi

Du bist wahrlich eine gewiefte Frau ...

... vor der man sich nicht genug in Acht nehmen kann!

Nein ... ... das ist ein Missverständnis ...

Allein

Ich wurde von Philipp getrennt ...

Hah

Extrem beliebt

Eine Gruppe Damen, die auf unverheiratete Männer zustürmt

do do do do do do

Phil!

Viola!

Wie unange-nehm.

Jetzt, wo ich allein bin, werde ich noch zusätzlich von Blicken durchlö-chert.

Guten Abend.

Ich habe gehört, dass du dein Gedächtnis verloren hast.

Das heißt, du erkennst auch mich nicht wieder, oder?

Ja.

Tut mir leid ...

... wirklich?

Ach ...

... und waren gut befreundet.

Wir waren auf derselben Schule ...

Ich bin Cyril Crain.

Gelogen ist das nicht.

Ich dachte ebenfalls, wir wären gut befreundet ...

In der Tat habe ich zu Schulzeiten oft mit ihm zu tun gehabt.

Cyril, der Sohn eines Marquis.

Ich kann ...

... dich nicht länger als eine Freundin ansehen, Viola.

... doch dann ...

Dann freue ich mich.

Ich möchte ebenfalls helfen, deine Erinnerungen zurückzuholen.

Es würde mich freuen, wenn wir uns immer mal wieder unterhalten könnten.

Hä?

Nein, so ist es nicht ...

Du möchtest nicht?

Tut mir leid ...

... aber ich habe mich in dich verliebt.

Warum ...?

Als ich mich vor einem Jahr das letzte Mal mit Lord Cyril unterhielt ...

Unterhalten wir uns doch noch etwas!

Ich möchte gerne mit Viola reden.

Nein.

Was in aller Welt sollte das?

Klaklack

Klack

Es ist für mich ...

... nicht nachvoll-ziehbar, warum Lord Philipp eine solche ...

... Lüge erfinden würde.

Drück
きゅう

Ein Blumen-fest?

Ja.

Das ist ein Event, das einmal im Jahr zu dieser Jahreszeit abgehalten wird.

Es gibt die Tradition, dass Männer den Frauen einen Blumenstrauß ...

... und die Frauen den Männern ein mit Blumen besticktes Taschentuch schenken.

Werdet Ihr Lord Philipp dieses Jahr auch eines schenken, Fräulein Viola?

Philipp und ich haben ...

... noch nie mitgemacht.

Hä ...?!

Schreck

Philipp wurde allerdings jedes Jahr mit einem Haufen Taschentüchern beschenkt.

Er hat sicherlich einen lebenslangen Vorrat ...

... Lord Philipp eins ...?

Ich ...

... soll ...?

Ich ...
... die katastrophal schlecht im Sticken ist?!
An der Schule hat meine Lehrerin ...
Das ist ja peinlich. So wirst du nie heiraten können!
... mir immer so was an den Kopf geworfen.
Uugh!
Uwah!
Nun, Philipp wird mir auch dieses Jahr nichts schenken ...
... daher besteht keine Notwendigkeit, ihm eins zu sticken.
Früher mochtest du rote Frangipani.
Magst du sie immer noch, jetzt, wo du deine Erinnerungen verloren hast?

Ja. J... Er hat sehr wohl vor, mir welche zu schenken ...?!

Huch!

Zöger

Verstehe.

Ja, ich hätte so gerne eins mit einem Muster.

Ach wirklich?

?

Es ist wirklich schlimm.

Alle meine Taschentücher sind jetzt hinüber.

Gestern hat unser Dienstmädchen einen Fehler bei der Wäsche gemacht.

... mir zu sagen, dass er ein besticktes Taschentuch haben will ...

Zöger

Das ist eine sehr umständliche Art ...

Ist das so ...?

Ob ich einfach eins kaufe?

Zöger

Klaklack
Klaklack
Klaklack
Klaklack

Alles klar.

Deprimiert

ズンミ

...

Halte dir den Tag des Blumenfestes frei.

Aber falls ...

Klack カタ

...

Er hat zwar nicht explizit gesagt, dass er eins will, und ich auch nicht, dass ich ihm eins schenke ...

Warum will er jetzt plötzlich unbedingt eins?

... ich einen Blumenstrauß von ihm bekomme ...

Also gut ...

Am Tag des Blumenfestes

Hah ...

... Ich ...

... freue mich sehr.

Puh ...

Es ist wirklich nicht so, dass ich mich nicht freue ...

... nachdem er mich mit so vielen Blumen und so teuren Ohrringen beschenkt hat ...

... aber ...

... kann ich ihm unmöglich dieses Stück Stoff über- reichen.

Das Blumenfest, an dem ich zum ersten Mal mit ihm teilgenommen habe ...

... hat mehr Spaß gemacht, als ich gedacht hätte.

Auch wenn Lord Philipp so ungesprächig wie immer war ...

Wie süß ...

Sehen wir es uns an.

... schien er wirklich alles dranzusetzen, dass ich Spaß habe.

KlaKlack

KlaKlack

Klaklack

Umso mehr ...

Ich freue mich, dass wir heute zusammen zum Blumenfest gegangen sind.

Danke.

... belastet mich der Gedanke, ihm nichts ...

... im Gegenzug aushändigen zu können.

Warum
...

... spricht er mich überhaupt nicht auf das Taschentuch an?

Er hat neulich so deutlich gemacht, wie sehr er sich eins wünscht.

Es würde mir leichter fallen, würde er mich direkt darauf ansprechen.

... be- stickt.

...?

...!

... bestickt ...

Hä?

Uh ...

Ich habe dir ein Taschentuch ...

Tut mir leid.

Allerdings ist es ein Fehlschlag ...

Ja ...

Für mich ...?

Ich will's trotzdem.

Ja, aber es ist wirklich misslungen ...

...

Starr ジッ

Ich will's haben.

ズーン Ernst

... mich beim nächsten Mal in einer anderen Form bei dir bedanken.

Lass mich daher ...

Es ist wirklich ...

Wo ist das Taschentuch?

I... Ich habe es mitgenommen, aber ...

Hä ？！

Es ist ein Vögel-chen!

Es sieht wie ein Regen-wurm aus.

Ich möchte, dass du dich davon nicht runterziehen lässt.

Das liegt sicher daran, dass du deine Erinnerungen verloren hast.

Ich habe meine Er-innerungen! Das hat da-mit nichts zu tun!

Oha ...

Fwah 力?!...

Sag bitte nichts mehr ...!

Ich hätte mich nicht an was versuchen sollen, in dem ich nicht ge-übt bin.

Gib es mir bitte zurück.

Ent-schuldi-ge ...

きゅ
Gwit

Ich danke dir ...

... wirklich sehr.

Streich
すり...

Nie im Leben ha-be ich mich so sehr über ein Geschenk gefreut.

Ich werde es für immer in Ehren halten.

Es als Schatz zu bezeichnen ...

... ist völlig absurd.

Das weiß ich genau ...

... es wäre schön, wenn seine Worte wahr wären.

dass mir dennoch der flüchtige Gedanke kam ...

Ich muss wohl selbst verrückt sein...

Hah は…!

… nimmst du an dem Klassentreffen unserer Schule nächste Woche teil, Phil?

Da fällt mir ein …

Eine Woche ist seit dem Blumenfest vergangen.

Kapitel 5

Und du?

…

Ich gehe natürlich auch nicht hin.

Was war das gerade …?

Ach so.

Ich gehe nicht hin.

?

… Sinn.

Macht …

Das hatte ich damals gesagt …

Puh!

D... Danke.

Viola, danke, dass du gekommen bist!

Sag mir sofort Bescheid, wenn jemand fies zu dir ist.

Dann sag ich es meinem Vater und er löscht denjenigen aus.

Das ist übertrieben.

Ihre Blicke sind mir wie erwartet unangenehm ...

... aber jetzt bin ich mit meiner Freundin Jamie doch noch zum Klassentreffen gegangen.

Kurz davor ...

... und aus Schock über die Trennung mehr als einen Monat in ihrem Zimmer verkrochen hatte.

... hat Jamie mich besucht, die sich von ihrem Freund getrennt ...

Schluchz Schluchz

Viola, es tut mir leid ...

Buhu

Ah!

Wir sind beste Freundinnen. Du brauchst nicht so höflich mit mir sprechen.

O... Okay.

I... Ist schon in Ordnung!

Ich Idiotin hatte ja keine Ahnung, dass du so einen schrecklichen Unfall hattest ...

Buhu

Jamies Ex-Freund ...

Ja.

Hugo wird sicher auch dort sein.

Übrigens, hast du die Einladung zum Klassentreffen erhalten?

Ja, habe ich.

Du hast schließlich deine Erinnerungen verloren und hast es so schwer.

Verstehe ...

Nun ...

Ich wollte eigentlich nicht ...

... hingehen ...

Viola ...

Entschuldige.

Schock

... magst du nicht mit mir mitkommen?

...

Lächel

Hä?!

KIPP

Keine Lust

Freundin

... aber sie hat mir früher so oft geholfen.

Ich will wirklich nicht zum Klassentreffen ...

Ich werde mich wohl doch mal zeigen gehen ...

...

Ihre Liebe für Lord Hugo war ohnegleichen.

Nachdem das vorgefallen ist, bin ich jetzt hier.

Dabei habe ich Lord Philipp gesagt, ich würde nicht hingehen ...

Violaaa ...!

Ich hab dich lieb!

Vielleicht erinnere ich mich ja an etwas, wenn ich viele Bekannte treffe.

Lass uns zusammen hingehen.

W... Wirklich?

Ja.

...!

Ich gehe das geschickt einfädeln und bringe ihn her.

Du möchtest mit Hugo sprechen?

Hä?!

Jamie, da drüben ist Lord Hugo.

Ich weiß aber nicht, wie ich ihn ansprechen soll ...

Tuschel

Ich habe nichts dagegen, dass er mit mir sprechen möchte ...

... aber die Blicke machen mich fertig ...

Ich will wieder nach Hause ...

Tuschel

Nicht der Rede wert.

Ähm, vielen Dank dafür.

Ich wollte mich nur gerne allein mit dir unterhalten.

Kyah!

Lärm

I... Ist das so?

Warum ist Philipp hier?!

Lord Philipp ist da!

Was ist da los?

Lärm

Lärm

?

Er hat doch gesagt, dass er nicht zum Klassentreffen geht!

Hää?!

Das war doch nicht etwa auch gelogen?!

Eine üble Situation ...

Wobei ich ihm keine Vorwürfe machen kann, zumal ich jetzt selbst hier bin.

Du gehst schon?

Lord Cyril, ent-schuldigt bitte.

Aber ich habe mich erinnert, dass ich noch was erledigen muss.

Viola? Was hast du?

Ich habe irgendwie eine böse Vorahnung.

Wusch

Dabei sieht die Situation bei ihm doch nicht anders aus.

Jetzt stellt er es so dar, als hätte ich allein was verbrochen.

Was machst du hier?

Ein mysteriöser Gesichtsaus-druck, den ich noch nie zuvor an ihm gese-hen habe ...

Wa...?

Jamie hat mich anschließend eingeladen.

Und du hattest eben-falls gesagt, du würdest nicht hinge-hen, Phil.

...

Hattest du mir ...

... nicht gesagt, dass du ...

Ich habe es spontan entschie-den ...

Spontan?

... nicht gehen würdest?

Das geht dich nichts an.

Also hat er doch gelogen ...

Dein Erscheinen ...

... stand doch schon von Anfang an fest, Philipp.

Mag sein.

Aber wenigstens lüge ich sie nicht an.

Warum
...

... macht er so ein trauriges Gesicht?

Was ...?!

Hattest du Spaß mit Cyril zusammen?

Du schienst dich schon immer zu amüsieren, wann immer du mit ihm zusammen warst.

Es ist fast so ...

... als wäre er auf Lord Cyril eifersüchtig.

Plopp

Badumm
Badumm
Badumm

Mein Herz
pocht betäu-
bend laut ...

Badumm

Badumm

Badumm

Badumm

Rutsch
Rutsch
Rutsch

Badumm

Ich bekomme
Lord Philipps
Gesichtsaus-
druck ...

Badumm

... nicht
aus meinem
Kopf.

Tick
コチ

Tack
コチ

Tick
コチ

Katschak

Viola!

Tapp
Tapp

Doch!

Du bist meinetwegen mitgekommen.

Lord Philipp sagte mir, dass du hier bist.

Jamie, was machst du hier?

Vielen herzlichen Dank!

Aber ich habe nichts dazu beigetragen ...

Wirklich? Das freut mich.

Dank dir bin ich wieder mit Hugo zusammen!

Viola, ich bin dir so dankbar!

Schon gut.

Ich werde stets deine Verbündete sein!

Gwit

き
ゅっ

Falls
...

Für
den Fall
...

... dass dir etwas Probleme bereiten sollte oder es was gibt, bei dem ich dir helfen könnte, sag mir jederzeit Bescheid.

Ich werde dich immer unterstützen.

Gut!

コク
Nick

...
wieder so
schlimm sein
wird wie
eben?

Ob die
Atmosphäre
...

Aha
...

Lord
Philipp soll-
te in Kürze
kommen.

Der Grund,
warum er mit
diesen Lügen
angefangen
hat, ist mir
immer noch
schleierhaft
...

...
aber
...

Ich blicke
bei Lord Philipp
wirklich nicht
durch.

...
dass er vorhin
wirklich wütend
war, habe ich
sehr wohl ver-
standen.

Aber ...

Ähm ...

... zu der Person, die er seit meinem Unfall vorgibt zu sein.

Die Dinge, die er von sich gegeben hat, klangen seltsam und passten überhaupt nicht ...

... Lord Philipp hat sich falsch verhalten.

Es stimmt schon ...

Ich verspüre keinen Hass auf dich.

Wirklich ...?

Ja.

Weil ich nicht wollte ...

... dass du zum Klassentreffen gehst.

Uh!

Haaah

Aber warum hast du mich angelogen, dass du nicht hingehen würdest?

... mit Cyril triffst.

Ich wollte nicht ...

... dass du dich mit anderen Männern ...

Na bitte ...

Wieder gibt er diese Lüge von sich, ohne mit der Wimper zu zucken.

Vielmehr ist seine Miene extrem ernst.

Was soll ... das denn?

... das?

Warum ...

Ich verstehe es nicht.

Weil ich dich liebe.

In dem Moment, wo ich gesehen habe, dass du hinter meinem Rücken teilgenommen hast und mit Cyril zusammen warst ...

... ist mir das Blut zu Kopf gestiegen und hat mich dazu verleitet, diese Dinge zu tun.

Badumm

Badumm

Badumm

Mein Herz klopft so laut ...

Die Eifersucht hat mich nahezu wahnsinnig gemacht.

Phil ...?

Ich bitte dich, triff dich nicht mehr mit ihm.

... antwortete er und ich konnte ihm an jenem Tag nicht mehr ins Gesicht sehen ...

Danke.

Ich bin ins Wanken geraten und aus meinem Mund ...

... kamen unbeabsichtigt diese Worte.

Okay.

... auf dem ein unglaublich glücklich wirkendes Lächeln strahlte.

Hä?!

Das hat Philipp tatsächlich gesagt?

Wer weiß? Ich hab keine Ahnung.

Willst du damit sagen, dass er die Wahrheit sagt?

Allerdings ist es keine gute Idee, dass du dich voreilig festlegst.

So verlierst du nur den Blick fürs Wesentliche.

Dich mehr zu lieben und zu ehren als alles andere.

Verliebe ...«

»Ich bin bereit, alles für dich zu tun.

Du hast Augen und Ohren, oder?

Vergewissere dich also selbst genaustens!

C

Pff

Ihr seid
eben noch
Kinder,
was?

Fortsetzung folgt in Band 2

**Ich täuschte Amnesie vor,
um meinen Verlobten loszuwerden,
da behauptete er:
»Vor deinem Gedächtnisverlust
warst du in mich verliebt.«**

Nachwort

Guten Tag, ich bin Kotoko, die Autorin.
Vielen Dank, dass ihr den ersten Band von *Ich täuschte
Amnesie vor, um meinen Verlobten loszuwerden, da behauptete
er: »Vor deinem Gedächtnisverlust warst du in mich verliebt«*
erworben habt! Es ist ein verrückt langer Titel, was? Die
Wortzahl ist damit wirklich an ihre Grenzen angelangt.

Der übermäßig ungeschickte Philipp und die fassungslose
Viola sind so niedlich, dass ich kichern muss. Aus meinem Werk
wird so ein fantastischer Manga gemacht. Die Kluft zwischen Philipps Ungeschicktheit und seiner Coolheit ist einfach zu genial. Ich
kann nicht anders, als ihn zu lieben.

Im zweiten Band wird die Distanz zwischen den beiden noch weiter schrumpfen, ich hoffe also, dass ihr wieder dabei sein werdet!

Kotoko

Ich bin sehr dankbar,
dass mir die Mangaum-
setzung anvertraut wurde
und ich den ersten Band
herausbringen durfte.
Auf ein Wiedersehen im
nächsten Band!

Yone

Artwork:
Nana Natsunishi
Story:
Midori Yuma
Character Design:
Esora Amaichi

1

WIEDERGEBURT IN MAYDARE
Die bösartigste Hexe der Welt

altraverse

Wiedergeburt in Maydare

Artwork: Nana Natsunishi | Story: Midori Yuma

Makia lebt in Maydare. Sie stammt von der großen Scharlachroten Hexe ab, die als die bösartigste Hexe der Welt galt. An ihrem Geburtstag erwacht sie aus einem verrückten Traum über eine Schülerin, die auf dem Dach der Schule ermordet wird. Als sie wenig später jedoch einem Jungen begegnet, der sie mit seinen magischen Fähigkeiten in seinen Bann zieht, wird ihr bewusst, dass es vielleicht nicht nur ein Traum war ...

Meine ganz besondere Hochzeit

Akumi Agitogi | Rito Kohsaka | Tsukiho Tsukioka

Als Kind einer Zweckehe geboren, scheint Miyo nicht über die ersehnten magischen Fähigkeiten zu verfügen, die einige Familien vererben. Ihre Stiefschwester und Stiefmutter verachten sie und als sie schließlich auch vom Vater verstoßen wird, kommt sie als Braut ins Haus der Familie Kudo, deren Oberhaupt eiskalt sein soll. Wird es Miyo dort noch schlechter ergehen als bisher schon oder gelingt es ihr, das Herz ihres zukünftigen Mannes zu erwärmen?

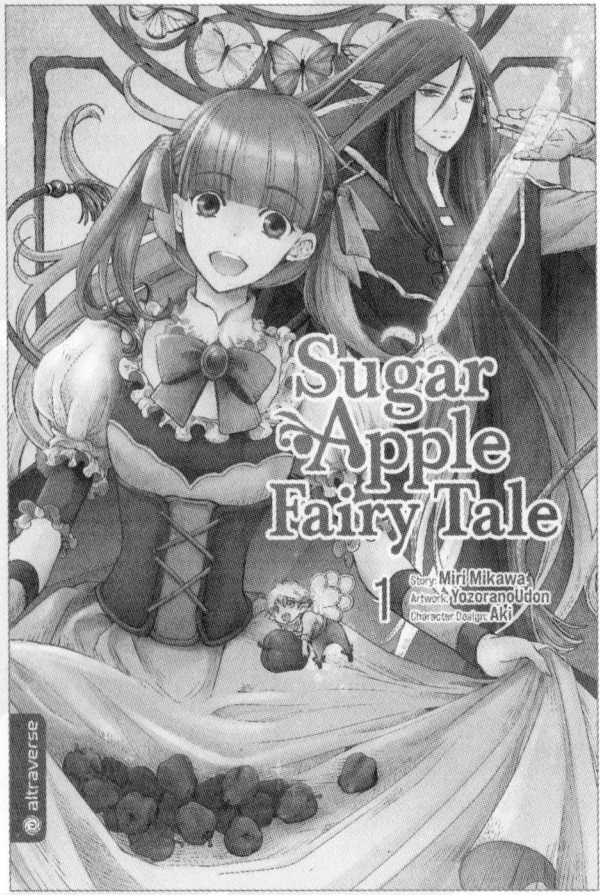

Sugar Apple Fairy Tale

Miri Mikawa I YozoranoUdon I Aki

Im Königreich Highland werden Feen als Sklaven unterjocht. Anne Halford möchte sich trotzdem mit ihrem Feen-Leibwächter Challe anfreunden, der sie sicher zur Königlichen Zuckerschau geleiten soll. Doch ein grummeliger Feen-Leibwächter ist nicht das Einzige, was ihre Reise zur Zuckerschau zu scheitern drohen lässt ...

Die Hexe und ihr Drache

Chizuru Fujishiro

Die Halbhexe Aria wünscht sich nichts mehr, als mit den Menschen harmonisch zusammenzuleben. Als sie den verletzten Drachen Leo bei sich aufnimmt, ahnt sie nicht, dass er sich mit einem Paktschwur an sie binden wird. Nun steht Aria zwar ein eifriger, aber auch übermäßig beschützender Diener zur Seite, der »zum Wohle« seiner Herrin allerlei Chaos anrichtet ...

Silent Witch – Das Geheimnis der stillen Hexe

Tobi Tana | Matsuri Isora | Nanna Fujimi

Monica Everett ist eine sehr talentierte, aber auch sehr schüchterne Hexe und hat daher als Erste die beschwörungslose Zauberkunst erlernt. Sie ist zwar als »Silent Witch« in die Reihen der »Sieben Weisen« aufgenommen worden, lebt aber zurückgezogen im Wald. Eines Tages erhält sie jedoch den geheimen Auftrag, den zweiten Prinzen des Ridill-Königreiches zu beschützen ...

Dahlia lässt den Kopf nicht hängen

Art: Megumi Sumikawa | Original Story: Hisaya Amagishi | Character Design: Kei

Nachdem sie depressiv und überarbeitet früh das Zeitliche segnete, will Dahlia in ihrem neuen Leben in einer anderen Welt alles besser machen. Mit ihrem Vorwissen lernt sie, magische Artefakte zu erschaffen, um den Menschen das Leben zu erleichtern, und startet schon bald mit ihrem eigenen Geschäft voll durch. Wird sie diesmal ihr Glück finden?

Colette beschließt zu sterben

Alto Yukimaru

Colette ist Ärztin, genauer gesagt die einzige Ärztin ihrer Stadt, und des-
halb Tag und Nacht im Einsatz. Irgendwann ist sie so mit den Nerven am
Ende, dass sie beschließt zu sterben! Aber so richtig will ihr das nicht
gelingen. Stattdessen findet sie sich quicklebendig in der Unterwelt wieder, wo schon der nächste Patient auf sie wartet: der Herrscher über
den Höllenkerker Hades!

Die rachsüchtige weiße Katze und der Drachenkönig

Aki | KUREHA | Yamigo

Eigentlich wollte Ruri nur dem Studentenleben und ihrer Hassfreundin Asahi entkommen. Das Schicksal meint es jedoch nicht gut mit ihr und beschwört sie gemeinsam in eine andere Welt. Dort wird sie prompt von Asahi im Stich gelassen. Zum Glück fällt ihr ein Armreif in die Hände, mit dessen Hilfe sie sich in ein weißes Kätzchen verwandeln kann. Was läge da näher, als vom Schoß des Drachenkönigs aus die Rache an Asahi zu planen?

Prinz Freya

Keiko Ishihara

Das Land Tyr ist in großer Gefahr! Die ganze Hoffnung der Menschen
ruht auf dem Prinzen, der sich dem feindlichen Nachbarland mutig
entgegenstellt. Als er überraschend stirbt, nimmt die junge Freya, die
dem Prinzen zum Verwechseln ähnlich sieht, heimlich seinen Platz ein.
Zum Wohle des Landes muss sie über sich hinauswachsen. Von nun an
ist ihr Leben ein einziges großes Abenteuer!

Dienerin des verfluchten Kindes

Yuki Shibamiya

Die junge Renée ist unsterblich. Was andere erstrebenswert finden würden, ist für das Mädchen zu einem Fluch geworden, der sie regelmäßig die
Arbeitsstelle kostet. Aber das Schicksal meint es gut mit ihr und sie wird
als Dienerin des einsamen Kronprinzen Albert angeheuert. Doch auch der
ist mit einem Fluch belegt: Alles, was er anfasst, ist dem Tode geweiht.
Ob sie ihr neues Leben gemeinsam meistern können?

Hallo, ich bin eine Hexe & mein Schwarm wünscht sich einen Liebestrank von mir

Kamada | Eiko Mutsuhana | vient

Die gute Hexe Rose ist schon lange heimlich in einen königlichen Ritter verliebt. Doch ihre Träume platzen jäh, als ebendieser Ritter sie bittet, ihm einen Liebestrank zu brauen! In ihrer Verzweiflung zögert sie die Fertigstellung des Tranks hinaus, indem sie ihn nach und nach die verrücktesten Zutaten dafür einsammeln lässt. Wie wird ihr Schwarm reagieren?

Mein neues Leben als Hexe in einer fremden Welt

sora | Tail Yuzuhara

Als die zurückgezogene Sena auf ihrem Schulweg stirbt, beginnt für sie ein neues Leben in einer anderen Welt. Ausgestattet mit magischen Kräften will sie endlich aufgeschlossener werden, doch sind diese zu gefährlich und sie meidet die Außenwelt. Bis eines Tages der Prinz Keith ihren Weg kreuzt.

altraverse

Deutsche Ausgabe / German Edition
Altraverse GmbH – Hamburg 2024
Aus dem Japanischen von Iga Handtke

KONYAKUHAKI WO NERATTE KIOKUSOSHITSU NO FURI WO SHITARA,
SOKKENAI TAIDO DATTA KONYAKUSHA GA »KIOKU WO USHINAU MAE NO KIMI
WA, ORE NI BETABORE DATTA« TOIU TONDEMONAI USO WO TSUKIHAJIMETA
VOL. 01

Redaktion: Denise Cho
Herstellung: Michaela Müller
Lettering: Vibrant Publishing Studio

Druck: Nørhaven A/S, Viborg
Printed in Denmark

www.altraverse.de